la courte échelle

W9-CTE-573

Les éditions de la courte échelle inc.

Marie Décary

Née à Lachine, Marie Décary aura 47 ans en l'an 2000. Après des études en communications, elle travaille dans les mondes du cinéma, des arts visuels et de l'écriture. Elle a déjà réalisé plusieurs rêves et quelques films. Elle a aussi fait partie de la première équipe de *La vie en rose*. Elle est maintenant réalisatrice à l'ONF.

Amour, réglisse et chocolat a été traduit en chinois. Et elle-même avoue être une maniaque du chocolat et adorer manger avec des baguettes. Après avoir écrit ce roman, elle a d'ailleurs rencontré, par hasard, deux de ses personnages, Zoé Labrie et le Bigoudi sentimental qui est devenu son coiffeur.

Au pays des toucans marrants est le deuxième roman qu'elle publie à la courte échelle.

Claude Cloutier

Né à Montréal le 5 juillet 1957, Claude Cloutier a fait des études à l'UQAM en arts d'impression. Il exerce maintenant ses talents depuis une quinzaine d'années. Il a fait des illustrations pour différentes revues, notamment pour *Croc*. Il travaille aussi en publicité et fait du cinéma d'animation. Il a d'ailleurs remporté un prix au festival international du cinéma d'animation d'Annecy, en 1991.

Quand on demande à Claude Cloutier sa grande obsession, il nous répond, sans hésiter, le temps. Mais il n'a pas vraiment le temps d'en parler. Il rêve donc de passer quelques semaines dans un endroit enchanteur où il n'y aurait ni horloge grand-père, ni montre à quartz, ni réveille-matin.

Au pays des toucans marrants est le deuxième roman qu'il illustre à la courte échelle.

Marie Décary

AU PAYS DES TOUCANS MARRANTS

Illustrations
de Claude Cloutier

la courte échelle

Les éditions de la courte échelle inc.

Les éditions de la courte échelle inc.
5243, boul. Saint-Laurent
Montréal (Québec) H2T 1S4

Conception graphique:
Derome design inc.

Révision des textes:
Odette Lord

Dépôt légal, 1er trimestre 1992
Bibliothèque nationale du Québec

Données de catalogage avant publication (Canada)

Décary, Marie

    Au pays des toucans marrants

    (Roman Jeunesse; RJ34)

    ISBN: 2-89021-170-3

    I. Cloutier, Claude. II. Titre. III. Collection.

PS8557.E235A96 1992   jC843'.54   C91-096933-7
PS9557.E235A96 1992
PZ23.D42Au 1992

Zap! sur les principaux personnages du roman

Rose Néon fait le tour du monde. Elle visite le Kitchi-Ketchup, royaume de son père, le comte de Ketchup.

Comme Rose a une imagination qui danse, elle fait défiler sous nos yeux le plus coloré des vidéoclips où les personnages viennent se présenter.

Zap! gros plan sur **Rose Néon** elle-même. Vêtue d'une robe rouge feu, maniaque du chocolat, la fille du comte de Ketchup se promène en sautillant avec **Charlie la corneille** sur son épaule.

Zap! sur le **comte de Ketchup.** Dans son avion, le père de Rose parle à sa fille. Cet homme d'affaires très occupé dit à Rose que la grande fiesta d'ouverture de son nouvel hôtel sera un succès.

Zap! **Zoé Labrie** apparaît dans la robe trop grande de son amie Rose. Zoé que l'on surnomme la petite Mozart de la gastronomie roule sur sa planche à roulettes en tenant sa dernière création culinaire.

Zap! sur **Thérèse et Maurice Labrie,** les grands-parents de Zoé. Anciennes vedettes de cirque, les grands-parents de Zoé ont pris leur retraite et vivent six mois par année sur l'île du Paradis.

Zap! **M. Août** se fige. Le chef du village de Chachacha est le plus vieil homme du monde. Plus petit que Zoé, M. Août sait tout, mais ne parle pas beaucoup.

Zap! gros plan sur **Zorro.** Enveloppé dans sa cape, masqué comme un raton laveur, le neveu de M. Août est beau comme un acteur de cinéma. Il se promène avec Mario, le perroquet rouge, perché sur son épaule.

Zap! sur le **Club des lézards,** un groupe d'adorateurs du soleil, en vacances à l'hôtel Kitchi. Et sur le joyeux animateur du club, **Gracieux.** Et sur **M. le président** qui cherche le secret de l'éternelle jeunesse.

Maintenant zap! sur l'île du Paradis. Comme dit le comte le Ketchup, l'île du Paradis est dans la mer. Et sur cette île se trouve la ville d'Engourdicité où est construit le chic hôtel Kitchi qu'il inaugure aujourd'hui.

Et maintenant zap! gros plan sur les aventures étourdissantes de Rose Néon au pays des toucans marrants. Place au roman!

Chapitre I
Engourdicité, olé!

La mer est bleue, disons bleu marine. Le ciel est rose fluo avec des traces orange. C'est l'heure de la carte postale.

Dans quelques minutes, le soleil va se coucher sans faire de bruit. Depuis son enfance, Rose a pourtant toujours l'impression d'entendre pssssschitt! quand la boule de feu plonge dans la mer.

Sur la plage, les 3 333 touristes du chic hôtel Kitchi sont, eux aussi, fidèles au rendez-vous. Droits comme des soldats, ils attendent le signal pour braquer leur appareil photo sur l'horizon.

Rose ne bouge pas. Plantée au milieu du Club des lézards, un groupe d'adorateurs du soleil, elle essaie de rester calme et de respirer profondément comme le recommande Gracieux, le joyeux animateur.

Perché sur son épaule, Charlie la corneille regarde au loin, mais ne voit rien qui vole. Rose ferme les yeux, fait un voeu. Elle pense à son amoureux.

«C'est dommage que le Bigoudi senti-mental soit si loin d'ici.»

Automatiquement, elle fouille dans la poche droite de son short rayé rouge et blanc.

Ce qu'elle cherche soudainement com-me si c'était de l'or, c'est du chocolat. Mais ce qu'elle trouve au lieu d'une cro-quette ou d'une tablette, c'est un mini-magnétophone de la grosseur du petit doigt.

Ce petit appareil, c'est un des trois gad-gets que lui a offert son père, le comte de Ketchup, pour son voyage sur l'île du Paradis.

— Avec ces trois petites merveilles, tu peux voyager partout sans problème. Le traducteur parle à ta place dans toutes les langues. Cet appareil photographie pour toi quand il y a des pétards ou des fêtards aux alentours.

Et celui qui a toujours raison a ajouté, en lui remettant le petit magnétophone:

— Ce mini-ci, c'est ton journal de voyage. Tu t'en serviras pour enregistrer tes pensées les plus positives.

Rose n'en peut plus. Elle a la bougeotte, elle gigote. L'exercice de méditation lui fait l'effet d'une torture. La preuve: son gros orteil gauche qui se tient au garde-à-vous, dressé vers le ciel, n'arrive pas à se détendre!

Rose approche le micro de sa bouche ronde et rouge comme une cerise:

— Bigoudi! Mon nom est écrit dans le journal d'aujourd'hui, le *Ô Ô Paradiso*.

De mémoire, Rose répète ce que le journaliste a inventé:

De source sûre et certaine, nous apprenons que le comte de Ketchup atterrira bientôt à Engourdicité pour célébrer l'inauguration officielle de son nouvel hôtel, le Kitchi. Dans ce génialoïde *complexe pour vacanciers, tout le monde sera beau, jeune, bronzé, musclé, en bonne santé et en sécurité. Le comte de Ketchup vous le garantit. Olé!*

Sa fille Rose Néon et la renommée Zoé Labrie sont d'ailleurs arrivées à l'île du Paradis il y a 33 heures et 33.

— Plutôt 33 minutes et 33 secondes, ajoute Charlie, toujours aussi précis et fidèle qu'une montre digitale.

Rose jette un coup d'oeil autour d'elle avant de continuer à voix basse.

Mais les journalistes, les critiques et les reporters veulent encore plus de nouvelles fraîches. Ils poursuivent Zoé, ils potinent, ils butinent et posent des tas de questions.

En essayant de les imiter, Rose prend sa voix la plus grave:

«Pourquoi êtes-vous la petite Mozart de la gastronomie et pas moi? Que mangiez-vous, il y a 9 ans quand vous étiez bébé?» Et tout et tout. Il y en a même qui se cachent dans les grands chaudrons pour connaître ses recettes.

Rose va maintenant dévoiler un top secret au Bigoudi:

Zoé prépare une lambadabadou *aux fruits de mer pour la grande fiesta d'ouverture. C'est un super numéro gastronomique dans lequel elle entraîne 333 langoustines à plonger dans sa fameuse sauce* endiablée. *Elle travaille très fort et elle est très fatiguée.*

Charlie remarque que Rose ne parle pas beaucoup de lui.

— Je crois que je suis fatigué, dit-il pour attirer son attention.

Ah! oui! J'ai oublié une chose très importante, ajoute Rose, en vraie diplomate. Charlie n'a pas tellement aimé son voyage en avion. Il préfère, bien sûr, voler de ses propres ailes. De plus, il répète toutes les heures qu'il veut absolument assister au Grand Congrès des perroquets.

Rose fait une pause. Puis elle reprend sa lettre sonore:

Depuis que tu lui as fait une teinture, et que son plumage a pris des couleurs exotiques, il s'est mis dans la tête de remporter le concours de beauté. Même si je suis au Paradis, je pense toujours que tu es le meilleur coiffeur du monde... et le plus beau, dit-elle au Bigoudi d'une voix plus sucrée.

Elle voudrait ajouter «Je t'aime plus

que le chocolat», mais finalement ces mots-là ne réussissent pas à sortir de sa bouche.

Ssssssstac. La petite cassette est au bout de son ruban. Au même moment, pensant que c'est le temps d'actionner leur appareil photo ou leur vidéo, les 133 touristes mitraillent tous ensemble le paysage. Clac, clac, clac, clac!

Rouge comme une tomate, le soleil disparaît aussitôt sous la ligne d'horizon et la nuit tombe d'un seul coup sur Engourdicité.

— N'ayez pas peur du noir, crie Gracieux, l'organisateur des activités touristiques. Mettez-vous en rang, il faut retourner à vos cases dorées. Maintenant, c'est l'heure du bain debout.

Gracieux y va alors d'un dernier conseil et d'une pub:

— Avant de vous diriger vers la salle de bal pour la fiesta de ce soir, n'oubliez pas de calibrer votre bronzage. Grâce à la crème solaire Ketchup n° 93, vous pouvez rester jeunes et en bonne santé tout en étant dorés et bien protégés.

Rose retourne, elle aussi, dans sa chambre toute neuve qui sent la colle à tapis. Signé par la célèbre décoratrice Aquavelva, ce loft immense, suspendu au-dessus de la mer, est, paraît-il, la 333e merveille du monde.

Du plancher au plafond en passant par les savons, les serviettes et les carpettes, tout est turquoise. On dirait une sorte d'aquarium pour cétacés.

«C'est assez pour aujourd'hui, pense Rose en déposant le magnétophone sur une table de bois, à côté de son lit. Demain, je posterai cette cassette au Bigoudi.»

Chapitre II
Chachacha, oh! là! là!

— Eh bien! c'est toujours aussi oh! là! là!, le village de Chachacha, dit Mme Labrie.

— Ho! là! là-haut sur la montagne, répond M. Labrie en écho, comme d'habitude.

Les grands-parents de Zoé, Maurice et Thérèse Labrie, sont assis côte à côte dans l'autobus pour touristes qui fait la navette entre Engourdicité et le village historique de Chachacha.

Dans leur temps, il y a presque 100 ans, Momo et Té étaient les grandes vedettes d'un cirque ordinaire. C'est à partir de leurs numéros acrobatiques que Zoé a inventé ses chefs-d'oeuvre gastronomiques.

Depuis qu'ils ont pris leur retraite, ils vivent six mois par année dans l'île du Paradis.

«Oui, oh! là! là! quelle journée, se dit Zoé. Depuis le matin, il s'en est passé autant que dans un clip.»

Zap! une première image.

Zoé et ses grands-parents arrivent à Chachacha. Le chef du village, M. Août, qui est plus petit que Zoé d'au moins un centimètre, lui fait une révérence. Sa peau, brûlée par le soleil, a la couleur du cuivre. Et ses yeux sont tellement noirs qu'on pourrait se perdre dedans.

Zap! une deuxième image.

M. Août offre à boire.

Le plus étrange, c'est que sa boisson chocolatée n'est pas sucrée. Et ce qui est encore plus incroyable, c'est que c'est bon.

— Cette boisson contient même du poivre noir, dit Thérèse. C'est ravigotant et ça donne bonne mine comme une vitamine.

Zap! une troisième image.

Zoé est justement en train de danser avec Zorro, le neveu de M. Août. Elle danse, tombe en transe et ne veut plus s'arrêter. Mais Thérèse lui dit qu'il faut déjà retourner à Engourdicité.

«Comme il est beau, pense Zoé en revoyant celui qui fait battre son coeur plus vite que d'habitude. Quand j'aurai le même âge que Rose, c'est lui que j'aimerai.»

Thérèse ouvre la bouche pour parler. Zoé regarde rapidement sa montre. C'est normal, pense-t-elle, grand-maman ne peut jamais rester silencieuse plus de 27 secondes.

— Il est beau, Zorro, dit-elle.

— Et il n'est pas zozo, même s'il zézaie, ajoute Momo.

— Comment savez-vous que je pense à lui? demande Zoé, surprise.

— Un vieux truc d'acrobates qui s'appelle le sixième sens, répond Thérèse avec un petit sourire qui fait friser le coin droit de sa bouche.

Zoé prend son walkman, ferme les yeux et fait semblant d'en profiter pour apprendre quelques mots de *paradiso,* la langue du pays. Elle aime beaucoup ses grands-parents, mais en ce moment, elle n'a plus envie de parler.

«Eh bien! ma chère, se dit Zoé, tu as un gros problème.» Zoé se parle souvent comme ça, à elle-même, mais ce qui est plus surprenant, c'est qu'elle s'obéit.

La plupart du temps, elle se donne des conseils comme: «Ma petite Zoé, tu devrais monter les escaliers quatre à quatre, ça va plus vite et ça use moins les souliers...»

Cette fois, Zoé se parle plus sérieusement: «Mais pourquoi M. Août m'a-t-il raconté ça à moi?»

Perdue dans ses pensées, Zoé se revoit aux côtés de M. Août. Assise à l'ombre d'un arbre dont l'écorce est brun cannelle, elle regarde le temps qui passe, quand soudain...

— Je m'adresse à toi, petite fille, a dit M. Août, parce que nous sommes de la même grandeur et que je peux parler directement à ton coeur en regardant tes yeux.

Oh! là là! M. Août n'ouvre pas la bouche mais, c'est étrange, Zoé peut entendre tout ce qu'il dit.

— Est-ce que M. Août est ventriloque? demande Zoé à sa grand-mère, en retirant son walkman.

Thérèse fait un sourire, soupire de plaisir. Enfin, elle peut recommencer à parler.

— Les Chachachats et les Chachachattes racontent que leur chef est sans bouche, explique-t-elle à Zoé. M. Août sait tout, mais il ne parle pas beaucoup.

— Mais si on se tient à côté de lui 33 secondes sans rien dire, on peut l'entendre penser.

— Évidemment, ça ne m'est jamais arrivé, ajoute-t-elle en ricanant... je parle tout le temps.

«Moi, je l'ai entendu, se dit Zoé, mais je ne suis pas sûre d'avoir tout compris.»

Zoé plonge de nouveau dans ses souvenirs tout frais, tout beaux.

— Dans le paradis des premiers hommes et des premières femmes, la nature offrait le meilleur d'elle-même, a raconté M. Août. Les maisons étaient couvertes de coquillages et de pierres précieuses. Les oiseaux aux mille couleurs chatoyaient et chantaient. Dans ce temps-là, nos ancêtres récoltaient les fruits du cacaoyer et buvaient du *chocolatl*. Cette boisson épicée les faisait danser et rêver. Leur coeur était fort et chaud.

Là-dessus, M. Août a pris une grande gorgée de cette boisson chocolatée qui n'est pas sucrée.

— Un jour, les guerriers d'outre-mer sont montés dans la montagne et ont chassé nos ancêtres. Ainsi, le secret de l'arbre de la transe en danse s'est perdu. Chaque année, pendant le Grand Congrès des perroquets, nous dansons pour fêter la récolte des cacaoyers et le chant des oiseaux de couleur. Mais cela aussi doit demeurer un secret.

M. Août a fixé Zoé qui s'est immédiatement sentie hypnotisée.

— J'ai besoin de toi, lui a-t-il confié. Il faut absolument empêcher les trois autobus du Club des lézards de venir assister au Congrès des perroquets. Trouve une solution.

Pop! Zoé sort soudainement de sa bulle.

— Quel âge a M. Août? demande-t-elle à Thérèse pour en savoir plus long sur cet homme étrange.

— M. Août est très vieux. D'après certains calendriers qui sont différents des nôtres, M. Août aura 333 ans dans 3 jours.

— Yahou scoubidou! un scoop, une nouvelle fraîche juste pour moi!

Le visage jubilant d'un reporter qui s'était recroquevillé dans le porte-bagages surgit au-dessus de leurs têtes. Les yeux luisants comme ceux d'un *lotomaniaque*,

il sort un téléphone portatif de sa veste anti-ennemis et se met en communication avec le poste de radio local.

— Chers *auditeurstristes,* dit-il. Je suis dans l'autobus climatisé, insonorisé, désinfecté et tout, en compagnie de la célèbre Zoé et de ses grands-parents, Momo et Té. Je reviens de l'excursion n° 63 qui nous a menés à Chachacha. Alors, bon, récapitulons.

Le reporter prend alors un accent aigu.

— Selon la légende, les fondateurs de ce village historique pouvaient danser des jours et des nuits sans se fatiguer. Ils vivaient heureux et très vieux, en moyenne jusqu'à 333 ans. Pourtant, à ce jour, ni les scientifiques ni les sceptiques n'ont réussi à élucider ce mystère. Mais hé! hé! aujourd'hui j'en apprends une meilleure... ajoute-t-il en se tapant très fort sur la cuisse.

Sa voix grimpe encore de trois octaves.

— Chers *auditeurstristes,* je vous l'annonce en primeur, le plus vieil homme du monde habite Chachacha. Il a 333 ans bien sonnés, mais il n'est pas du tout sonné. Et Zoé Labrie l'a rencontré. Cette histoire, j'en raffole, alors, j'extrapole, poursuit-il, tout excité. Ce soir, notre jeune prodige livrera aux chanceux qui assistent à l'inauguration du Kitchi, le secret de l'éternelle jeunesse. N'est-ce pas, Zoé?

— Oui, murmure-t-elle, intimidée.

— Oui. Elle a dit oui. Olé!

Le reporter regarde sa montre et se coupe lui-même la parole.

— Vous aussi, mes chers 3 333 *auditeurstristes,* répondez ce que vous voulez et gagnez un voyage à Chachacha à l'occasion du Grand Congrès des perroquets.

Puis le reporter fait un drôle de signe au chauffeur. La porte s'ouvre, et il saute de l'autobus en roulant sur le sol comme un cascadeur.

— Olé! quelle journée, crie-t-il une dernière fois.

Chapitre III
Ho! Ho!
Rose voit rouge

— Je n'ai rien à me mettre sur le dos. Je ne peux pas assister à la fiesta ce soir.

Rose marmonne toute seule. Elle attrape un à un ses vêtements, les examine un instant:

— Mon pantalon rouge tomate... non! Il est trop large. Mon tee-shirt rouge cerise n'est pas assez troué. Et puis je ne peux pas porter ma jupe rouge feu sans mes souliers cloutés rouge *pimento*. J'aurais dû prendre une autre valise pour les apporter.

Rose voyage toujours avec 33 valises et 54 paires de souliers. Mais elle ne sait jamais quoi porter et peut passer des heures à s'habiller. D'habitude, elle se change 18 fois et finalement, elle enfile toujours les mêmes vêtements.

En pensant lui faire plaisir, son père, le comte de Ketchup, lui a fait livrer par messager une robe aux couleurs de l'arc-en-ciel. Une note sur l'emballage ajoutait: «Ma chérie, les couleurs de l'arc-en-ciel sont bonnes pour la santé!»

— C'est laid, c'est laid, c'est affreux!, répète Rose en pestant contre son père.

Depuis un mois, Rose ne porte que du rouge. À ses yeux et pour quelques semaines encore, les autres couleurs n'existent plus.

— Rose, il faut que je te parle. J'ai des choses importantes à te raconter.

Zoé vient d'entrer dans la chambre de Rose comme la tornade Lucie, celle qui déplace les maisons, les camions et les saisons.

Figée comme une patinoire l'hiver, Rose ne bronche pas.

Zoé voudrait raconter à Rose ce qu'elle a vu et entendu dans la montagne, lui parler de sa mission, lui demander conseil. Mais on dirait que Rose est sourde, muette et aveugle. En tout cas, elle ne pose pas ses yeux sur Zoé plus longtemps qu'un tiers de seconde.

Zoé voudrait aussi parler de Zorro et demander à Rose des choses comme:

— Comment on sait qu'on est amoureuse?

Elle se risque même à poser la question qui lui brûle les lèvres:

— Rose, demande-t-elle avec son air le plus sérieux, est-ce que la langue peut fondre quand on embrasse quelqu'un longtemps?

Et, comme une innocente, elle ajoute:

— ... la langue de veau, elle, elle ratatine quand on la fait cuire.

Pour tout commentaire, Rose fait ouache! C'est tout. Puis de nouveau le silence...

Zoé remarque alors les trois pyramides de froufrous bigarrés qui sont empilés sur le plancher. Tout à coup, elle comprend la situation.

«Ô tragédie yé-yé! pense-t-elle, Rose ne sait pas comment s'habiller.»

Apercevant la robe arc-en-ciel, Zoé s'exclame:

— Oh! là! là! c'est beau, ça. C'est ton nouveau look?

Rose soupire. Elle lève les yeux et regarde le plafond turquoise comme si c'était la 333e merveille du monde.

Elle ne sait pas pourquoi, mais depuis quelque temps Zoé l'énerve.

Sur le même ton que son père, le

comte de Ketchup, elle tient à peu près ce discours:

— Ce soir, Zoé Labrie, on célèbre l'ouverture du Kitchi à Engourdicité. Je te conseille donc fortement de retourner à tes oignons.

— Justement, répond Zoé, il n'y aura pas d'oignons dans ma *lambadabadou*. J'ai changé d'idée. Ce soir, je vais offrir au monde, en grande primeur, une nouvelle recette incroyable... C'est un secret. Mais je peux te le dire si tu promets de ne pas le répéter.

Rose ne laisse même pas à Zoé le temps de finir sa phrase. Elle devient rouge assassin. Ça va barder.

— Tu ne comprends rien, Zoé Labrie. Tu penses juste à toi, dit-elle en sachant très bien que ce n'est pas vrai du tout.

— Garde ton secret, ça ne m'intéresse pas. C'est une histoire d'enfant de 9 ans. Moi, j'ai des choses importantes à faire. Entre autres, il me reste exactement 33 minutes pour me transformer en star du soir.

Rose n'est vraiment pas de bonne humeur. Elle a sûrement besoin d'amour ou de chocolat. Peut-être même des deux à la fois, mais en ce moment, Zoé n'a pas la tête à deviner ça.

— Tiens, dit finalement Rose en lançant la boîte, le papier d'emballage et la robe arc-en-ciel dans les bras de Zoé, porte-la donc toi-même, ça va être bon pour ta santé!

Pour terminer sur une note plus ronde et parce qu'elle sait aussi comment faire plaisir à Zoé, Rose ajoute:

— Je te prête mes souliers pointus *tipico,* si tu veux...

Chapitre IV
La fiesta, tralala!

— Madame, monsieur, vos cartes de touristes identifiés, s'il vous plaît?

Dans le grand hall de l'hôtel Kitchi, le majordome dirige les touristes vers les différentes salles de réception, selon leur âge.

— La salle limette est réservée aux enfants fluorescents de 3 ans et moins. Vous avez plus de 30 ans? Veuillez entrer dans la salle orangée, dit-il à Maurice et à Thérèse qui paraissent beaucoup plus jeunes que leur âge.

Parmi la foule, le président du Club des lézards n'est pas du tout content.

— Je ne suis pas assez bronzé, j'ai l'air d'une glace à la vanille et mon âge véritable est mal camouflé, bougonne-t-il, la bouille en bouillie.

— Ça ne fait rien, c'est *fantastico!* crie la touriste n° 54. Avez-vous vu ces deux gros ananas à l'entrée?

Perché sur un des fruits de plastique, Charlie la corneille discute avec son nouvel ami, Mario le perroquet.

— C'est du toc, c'est du toc, c'est du toc, précise Charlie.

— Tu es complètement toctoc, répond Mario.

— Ça tombe bien, ici tout le monde danse le toquetoque, rétorque Charlie pour avoir le dernier mot.

— Vous, hurle soudain le majordome en pointant du doigt un petit monsieur chauve, vous avez été élu roi de la soirée. À vous, les honneurs.

Il attrape alors le n° 135 par la manche de sa chemise mauve pleine d'oranges vertes mal dessinées et le pousse dans la salle principale.

— Mais je ne peux pas, proteste le nouveau roi d'une voix étouffée, je suis trop gêné...

— Vous ne pouvez pas refuser, c'est interdit par la direction du Kitchi, explique le maître de cérémonie. Allez, hop! les mains en l'air et amusez-vous.

Toc, toc, toc!

Les projecteurs s'allument. L'équipe de télévision commence à filmer la cérémonie d'ouverture diffusée dans toutes les salles de l'hôtel, en circuit fermé.

Une pluie de petites lumières tombe sur les touristes ébahis. Puis un arc-en-ciel de rayons lasers se dessine sur le plafond de la salle.

Le comte de Ketchup apparaît sur la scène en déployant la superbe queue de paon de son costume d'homme-oiseau.

La caméra n° 1 fait un gros plan de son plumage.

L'ingénieur du son s'occupe, bien sûr, d'enregistrer son bavardage.

Le comte commence son discours par une leçon de géographie:

— Dans l'univers, il y a la Terre. Sur la Terre, il y a la mer. Dans la mer, il y a l'île du Paradis.

Mais comme toujours, il n'attend pas 3 secondes pour vanter son génie.

— Et sur l'île du Paradis, il y a En- gourdicité et son nouveau Kitchi: le complexe du tourisme sans peurs et sans risques. Ici les 33 333 oiseaux et les 3 333 vacanciers sont constamment comptés, recomptés et questionnés par les 3 333 employés de mon Agence de santé et de sécurité: «Avez-vous peur du noir? Avez-vous peur de voyager à l'étranger? À quel âge voulez-vous arrêter de vieillir?»

Le comte de Ketchup fait une pause. Le régisseur lui indique que sa cote d'écoute est bonne et qu'il peut poursuivre son discours.

— C'est pour apporter une réponse à ces questions qui sont les vôtres que j'ai décidé de m'installer à Engourdicité. En effet, il ne manquait au Paradis que le Kitchi. À Engourdicité, tout est planifié: les vagues sont bleues comme le ciel et les maisons sont peintes aux couleurs de l'arc-en-ciel.

Rose est assise à la grande table des invités d'honneur, avec les six critiques gastronomiques, le roi de la soirée, et M. le président du Club des lézards. Elle connaît évidemment la suite.

— En effet, poursuit le comte de Ketchup, les couleurs de l'arc-en-ciel sont bonnes pour la santé. Mais ce n'est pas tout, ajoute-t-il. Comme vous l'avez sans doute appris aujourd'hui même à la radio, le Kitchi vous offre aussi en prime ce soir et pour un temps illimité le secret de l'éternelle jeunesse...

C'est alors que Zoé fonce sur la scène. Elle est en retard de trois dixièmes de seconde et porte la robe de Rose, beaucoup trop grande pour elle.

Debout sur sa planche à roulettes, elle n'a pas du tout l'air d'une *vampette*, mais elle s'arrête net devant le micro:

— Monsieur le roi, monsieur le président du Club des lézards, chers six critiques, mesdames et messieurs les touristes sans risques.

Zoé se tient toute droite devant les invités de la table d'honneur. Elle remarque que Rose évite de la regarder.

— Aïe! Aïe! lui crie une petite voix à l'intérieur, quelque part tout près de son coeur.

Mais le spectacle continue et Zoé annonce un changement au menu:

— Au lieu de vous offrir ma *lambadabadou* aux fruits de mer, j'ai choisi ce soir de vous offrir la recette de l'éternelle jeunesse. C'est le grand magicien de Chachacha qui me l'a transmise, précise-t-elle.

— Ah! Chachacha, dit Mario le perroquet.

— Chachacha, répète Charlie, un peu surpris.

Zoé avale sa salive. Cette recette fait partie du plan qu'elle a élaboré pour décourager le Club des lézards d'assister au Congrès des perroquets.

— Il s'agit d'un mirage au chocolat, annonce-t-elle finalement en se croisant les doigts.

— Youpi! du chocolat, s'exclame le roi de la soirée.

Puis, aussitôt dit, il rougit.

— Excusez-moi d'avoir parlé aussi fort, bafouille-t-il, j'ai oublié que j'étais gêné.

— Du chocolat, du chocolat, répète Rose, comme si elle prononçait un mot magique... Mais qu'est-ce que je fais ici? Cette fiesta, c'est complètement *toundra,* pense-t-elle soudainement.

Toundra, c'est le mot qu'elle utilise pour dire que c'est tata, tarla, zarza.

Profitant d'un moment où son père fait la roue avec sa queue de paon, Rose sort de la grande salle de réception.

Pendant ce temps, Zoé circule entre les tables sur sa planche à roulettes pour faire admirer son mirage au chocolat.

Sa pièce ressemble à un gratte-ciel. Empilés les uns sur les autres, noyés dans le chocolat, les canards et les oies ont pourtant l'air de regretter le temps de leur jeunesse ailée.

Pour éclairer son chef-d'oeuvre, Zoé utilise ses talents de cracheuse de feu. Les spectateurs font des oh! et des ah! en suivant les indications du régisseur.

Quelques secondes plus tard, les garçons commencent le service à la table d'honneur.

Mme Boulimic regarde son assiette. La critique n° 1 est presque aveugle, mais la tache brun foncé qui s'offre à sa vue ne l'inspire pas.

— Je passe mon tour. Après vous, ma chère, dit-elle à sa voisine de table.

Mlle Mastic, la critique n° 2, prend une bonne bouchée. La caméra s'approche de ses lèvres en coeur.

— Ouache! fait-elle spontanément, ça a exactement le même goût que quand je verse du sel au lieu du sucre dans mes céréales.

Les critiques n°ᵒˢ 3 et 4 répètent toujours les paroles de Mlle Mastic. Ils font eurk! et eurk! chacun leur tour.

Incapable de dire un mot en public, le critique Hermétic avale de travers, s'étouffe et sort très vite de table.

M. Esthétic, le dernier mais le plus redouté des critiques, attaque à son tour la chair tendre du mirage. Il mastique, regarde au plafond et prend même le temps de replacer les montures de ses lunettes triangulaires avant de parler.

Un silence lourd comme un nuage d'orage s'installe dans la salle de réception.

— Il s'agit nettement d'une variante du classique poulet dans son divan, mais en moins banlieusard, dit-il finalement. J'ai même déjà goûté quelque chose de semblable lors de mon dernier voyage à Entouka.

— Oui, fait-il d'un air satisfait, il est très intéressant ce chocolat qui n'est pas sucré.

Soulagés et ravis, les touristes applaudissent.

— Mais, conclut le critique, ce plat aurait besoin d'un grain de sel, le mien. Je le condamne donc à retourner à la cuisine.

Les membres du Club des lézards s'agitent. Inquiets, ils se demandent ce qu'ils vont manger et se mettent à avoir peur de mourir de faim.

— Cette fiesta n'est pas du tout trala-la... Je réclame un remboursement immédiat, dit finalement M. le président sur un ton tranchant. Mais au plus profond de son coeur, la peur vient de s'installer.

Je vieillis à vue d'oeil, pense-t-il. «Si

je ne réussis pas à obtenir le secret de l'éternelle jeunesse, je suis un homme fini.»

— Coupez! crie le régisseur de la télévision.

Chapitre V

Zorro n'est pas zozo.
No, no, no...

Rose est sortie sur le grand balcon de l'hôtel qui fait face à la mer. En regardant le ciel, elle se rappelle soudainement que le Bigoudi est loin, très loin d'Engourdicité.

— Il me faut un amoureux, se dit-elle, sinon je sens que je vais recommencer à manger du chocolat.

Depuis sa rencontre avec le Bigoudi sentimental, Rose sait que l'amour est une drogue plus forte que le chocolat et elle ne peut plus s'en passer.

Eh bien! cric, crac, croc, comme chante la céréale de riz *crispée,* un jeune homme apparaît dans la nuit. Enveloppé dans une longue cape noire, masqué comme un raton laveur, il marche vers Rose, un perroquet rouge sur l'épaule. Charlie reconnaît Mario, son nouvel ami.

Le jeune homme s'approche et marmonne quelque chose.

Comme elle ne le comprend pas, Rose saisit son traducteur parlant et le lui pointe sous le nez. Trois secondes plus tard, la petite machine dit, de sa voix électronique:

— Je suis enchanté.

— Enchanté, répète Rose, c'est un drôle de nom.

— Non, précise le traducteur parlant. Je m'appelle Zorro. Je porte le nom d'un vieux héros de cinéma et je connais les répliques de tous ses films: «Je suis fort et je redresse les torts. Je défends les bons contre les méchants. Et je signe tous mes coups.»

Avec son bras droit, Zorro dessine un grand Z dans l'espace.

— C'est la séquence 33 du film intitulé *Zorro se démasque,* précise-t-il avec fierté.

Et là-dessus, il enlève son masque.

Rose prend le même air que son père quand il est content et sourit instantanément de toutes ses dents.

«Zorro n'est vraiment pas zozo et il joue son rôle à merveille», se dit-elle.

Zorro ne ressemble à personne. Il n'a pas l'allure d'un branché. Ce n'est pas non plus un néoyé-yé. Rose l'observe attentivement. Elle aime sa peau brune aux reflets olive. Elle aime ses yeux noirs taillés comme deux amandes. Elle aime ses cheveux qui tombent droit comme des stylos pointe fine sur ses épaules.

Zorro s'adresse encore au traducteur et Rose entend ceci:

— Mademoiselle, je crois que votre robe rouge veut danser.

— Mais... il n'y a pas de musique! s'écrie Rose.

— Maestro!

Zorro claque des doigts et son perroquet Mario attaque ses vocalises.

Trop heureux de pouvoir faire entendre sa voix, Charlie l'accompagne.

— Cha-cha-cha, commence Mario.

— Cha-cha-cha, répète Charlie.

Zorro pose une main sur la taille de Rose, l'autre sur son épaule et lui montre les pas de base. Un *cha* en avant, un *cha* en arrière et trois cha-cha-cha sur place, pour terminer.

Rose se sent un peu bizarre. Elle préfère de loin le toquetoque, une danse où on peut bouger comme on veut, chacun dans son coin.

«Ce cha-cha-cha, c'est plutôt *toundra,* pense-t-elle, mais au moins, ça me permet de me rapprocher de lui.»

Rose colle sa joue contre celle de Zorro et ses narines se mettent subito à frétiller de plaisir.

Depuis qu'elle a mis les pieds sur l'île du Paradis, Rose est assaillie par des régiments d'odeurs nouvelles qui défilent sous son nez sans qu'elle réussisse à les identifier.

Pourtant, c'est curieux, cette senteur qui lui donne soudain envie de sauter et de danser lui rappelle quelque chose.

— Mais oui, c'est ça, je l'ai trouvé! Tu sens le chocolat, Zorro, lui dit-elle.

De sa voix de robot, le traducteur répète la même chose à Zorro, cette fois en *paradiso.*

Rose et Zorro dansent et parlent en même temps. Ils se racontent leur enfance, leurs préférences et tout ce qu'ils pensent.

Au bout de trois heures, le traducteur épuisé ne dit plus rien. Ses piles sont complètement à plat.

Zorro continue quand même à glisser ses mots doux à l'oreille de Rose. Même si elle ne comprend rien, Rose adore écouter la voix de Zorro qui fait zzzzz... On dirait un concerto pour mouches à feu.

Rose a extrêmement chaud. Elle enlève ses souliers rouge pétard. Pieds nus, elle danse tard, très tard dans la nuit avec Zorro. À ce moment-là, le Bigoudi sentimental a complètement disparu dans les brumes de sa mémoire.

Vers 3 heures 33, pour être certaine de se faire comprendre, Rose saute au cou de Zorro et l'embrasse longtemps.

«Exactement comme dans la séquence 333 du dernier film de Zorro», pense-t-elle, même si elle n'en sait rien.

Zorro dit une dernière fois:

— Je suis *zenchanté,* puis il s'éclipse comme le soleil derrière la lune.

Zorro n'a pas sitôt disparu que Rose ressent un malaise. L'odeur de son nouvel amoureux lui manque déjà. Malheureusement, elle ignore où il habite.

Chapitre VI

Une chicane
dans la cabane
couleur banane!

Zoé fait semblant d'être affolée, mais au fond, elle savoure sa victoire. Le Club des lézards a annulé son voyage au Congrès des perroquets.

En lézard averti, M. le président a jugé que la recette de l'éternelle jeunesse ne valait pas le déplacement.

— Si le Congrès des perroquets est aussi décevant que ce mirage au chocolat, je préfère m'en passer. Le Club des lézards aime le jogging, mais il refuse de courir le risque de manger du chocolat qui n'est pas sucré, a-t-il déclaré au journal de l'île.

Évidemment, le comte de Ketchup n'est pas du tout content. Cela se voit encore mieux à la télévision haute définition qui se trouve dans le laboratoire culinaire de Zoé.

Voici comment il apparaît sur le petit écran juste à côté du four à micro-ondes. Son oreille droite collée au téléphone, il conduit son auto d'une main, consulte son agenda de l'autre et fixe la caméra qui est nichée dans le tableau de bord.

Le comte de Ketchup veut toujours prouver qu'il est très occupé, en bonne santé et surtout qu'il peut faire plusieurs choses en même temps.

— Mais qu'est-ce que c'est que ce mirage au chocolat?

Zoé ose répondre, même si le comte a son compte:

— Une recette que j'ai inventée en revenant de Chachacha.

Le comte pose des questions sans attendre les réponses et n'est pas très disposé à écouter Zoé.

— Comment as-tu osé laisser flotter un tel parfum de chocolat sous le nez de Rose? Tu le sais, ma fille ne doit plus entendre parler de ce mot de huit lettres.

— Écoute-moi, dit-il finalement. Il faut absolument que le Club des lézards assiste au Grand Congrès des perroquets. Sinon, la peur de vieillir va faire fuir tous mes clients et je vais perdre beaucoup d'argent.

En parlant, le comte fait défiler sur l'écran les vidéoclips des plus célèbres succès acrobatico-gastronomiques de Zoé.

— Je te propose de reprendre un de tes meilleurs numéros devant l'équipe de télévision avant la diffusion à Télé-Kitchi. Pourquoi ne refais-tu pas celui-ci? ajoute-t-il en gelant la dernière image.

C'est le fameux «saumon double saut périlleux». Dans ce numéro exceptionnel, Zoé se lance dans les airs et exécute deux vrilles en tenant un plateau de saumons sans perdre la farce.

— Bon, dit le comte en changeant de ton. J'espère que cette fois sera la bonne.

Sur ce il sort de son auto et monte dans son avion. Trente-trois secondes plus tard, il ne reste de lui qu'un petit point au milieu de l'écran.

Zoé se laisse glisser sur le plancher, molle comme un mollusque.

«Il faut encore que je réfléchisse sérieusement», se dit-elle.

— Zoé, où es-tu?

En équilibre sur la pointe des pieds comme une ballerine sur ses chaussons,

Rose entre dans le laboratoire culinaire de son amie. Ses cheveux, qui poussent de plus en plus vite, sont en bataille.

Perdue quelque part du côté de la face cachée de la lune, Zoé ne répond pas.

D'un geste rapide, Rose fait glisser les portes de l'immense garde-manger. Elle fouine, elle fouille, déplace les contenants et les ingrédients jusqu'à ce qu'elle mette la main sur...

— Rose, qu'est-ce que tu fais!? crie Zoé.

Rose sursaute et se fige instantanément

comme sur une photo polaroïd: dans sa main droite, elle tient un lingot de chocolat.

«Ah! zut, pense Zoé, le comte de Ketchup avait raison.»

Rose cherche à s'expliquer:

— C'est à cause de Zorro. Il sent bon.

— Moi aussi, je le connais, Zorro, répond tout à coup Zoé, comme si les mots sortaient de sa bouche sans sa permission.

Rose est surprise. Elle ne croit Zoé qu'à moitié, mais elle attrape le coup à la volée et le retourne à Zoé. Tac. Comme une balle dans un match de tennis.

— Moi, j'ai dansé avec lui toute la nuit, dit-elle.

Pendant un instant, Zoé songe à abandonner la partie.

«C'est vrai, pense-t-elle, Rose a le même âge que Zorro. C'est normal qu'il danse plus longtemps avec elle.»

Soudain, elle se sent piquée par une mouche qui transmettrait une sorte de colère très rare: la verte à picots noirs. Elle poursuit le match en y allant d'un smash.

— Tu es peut-être plus vieille que moi, mais tu as peur du noir, tu as peur de vieillir et de voyager toute seule, crie-t-elle à Rose. Tu es aussi pied que tes 54 paires de souliers et tu n'es qu'un grand bébé gâté pourri.

Cette fois, Zoé a visé juste. Rose fait:

— Oh!

Dans la cabane couleur banane, le combat de mots se termine 1 à 0 pour Zoé. Mauvaise perdante, Rose court se réfugier dans sa chambre, sous sa moustiquaire.

Pour se consoler, elle murmure le nom de Zorro.

— Zorro, Zorro, Zorro, où es-tu, que fais-tu? Téléphone-moi, ajoute-t-elle comme si c'était une formule magique garantie.

— Cui-cui-cui.

Au chic Kitchi, le téléphone ne sonne pas, il imite le chant d'un colibri. Croyant que Zorro répond à son appel, Rose prend sa plus belle voix:

— Allô! c'est toi, mon beau danseur du paradis!?

— Non, c'est le sondage d'après-midi. Seulement trois questions, dit Gracieux. L'inévitable animateur a en plus la manie de tutoyer tout le monde, comme dans les annonces de bière.

— D'abord, dit-il, as-tu peur du noir? *Deuzio,* as-tu peur de vieillir? Et *troizio,* as-tu peur de voyager seule?

Rose prend au moins trois secondes pour penser.

— Si je réponds oui, conclut-elle, je donne raison à Zoé.

Alors, elle prend une grande inspiration et finalement elle dit, en exagérant beaucoup:

— Moi, M. Gracieux, tu sauras que je n'ai peur de rien, surtout pas de voyager seule.

Craignant que l'enquêteur ne possède un détecteur de mensonges, elle raccroche rapidement.

Charlie a tout entendu. Et il en profite subito pour ajouter deux mots.

— Chachacha, Mario, dit-il en inventant une forme de charade.

Rose a le front en point d'interrogation.

— Chachacha, Mario, chachacha, Zorro, ajoute Charlie comme deuxième indice.

Rose paraît soudainement enchantée:

— Zorro! s'exclame-t-elle.

Et aussitôt, elle saute dans ses souliers

de *sprinteuse* rouge feu, sort de sa chambre sur une patte et se précipite dans le hall de l'hôtel.

Même si elle ne sait pas vraiment comment s'y prendre, Rose aimerait bien prouver à tout le monde qu'elle peut se débrouiller toute seule.

Sur l'immense carte géographique de l'île du Paradis qui est peinte sur le mur, le village de Chachacha est à un bras de distance d'Engourdicité.

«Un bras de distance, ça ne peut pas être très loin d'ici», pense-t-elle.

Chapitre VII

Le beau voyage
en autobus, voilà!

Vue à vol d'oiseau avec sa robe et ses souliers rouges, au croisement de deux routes de terre jaune, Rose pourrait ressembler à une fleur exotique.

Mais une fleur ne se promène habituellement pas avec son appareil photo, son magnétophone et son traducteur parlant.

Malgré tout, Rose ne se sent pas très sûre d'elle. C'est la première fois, à 16 ans, qu'elle voyage seule.

Et si un serpent lui glissait sous le pied? Et si un tigre égaré, loin du Bengale, surgissait sous son nez retroussé?

Heureusement que Charlie est là, perché sur son épaule. Et puis, les paroles de Zoé qui la traite de «bébé gâté pourri» lui bourdonnent encore dans la tête.

Soudain, un tintamarre la fait sursauter. Pour un moment, Rose croit qu'un animal fonce sur elle, enveloppé dans un nuage de poussière... Elle ferme les yeux.

«Ça y est, pense-t-elle, je vais finir mes jours dans l'estomac d'un monstre.»

Quand Rose ouvre de nouveau les yeux, elle se trouve face à un Picasso en tôle multicolore. Cet engin coloré comme une bande dessinée ambulante, c'est l'autobus local qui mène au village de Chachacha.

À l'intérieur, il fait chaud comme dans une forêt tropicale. Il y a des passagers debout, assis, il y a des passagers partout. Leurs bras et leurs jambes s'entremêlent comme des lianes: ils ont la peau brune et des cheveux très noirs.

De plus, chaque voyageur est accompagné d'un oiseau à gros bec. Il y en a des bleus, des jaunes et des verts qui criaillent tous en même temps, et leur bavardage résonne comme une jungle au coucher du soleil.

Les perroquets se plaignent tout le temps.

— Il y a trop de trous dans la route, répètent-ils en choeur.

— L'autobus est bringuebalant, mais c'est marrant, répliquent les toucans qui ont bien meilleur caractère.

Rose est impressionnée. Elle se demande si l'appareil-qui-réagit-au-bruit se décidera bientôt à prendre une photo.

Intimidé par tous ces oiseaux plus gros que lui, Charlie se gonfle la poitrine pour être de taille.

— Espèce de barbecue!, lui lance un perroquet du tac au tac.

Schlac! Le cri strident de cet oiseau moqueur déclenche finalement l'appareil. Tous les toucans trouvent que c'est très marrant et se mettent à rigoler. Schlac! Schlac!

Les passagers rient encore plus fort. L'appareil photo s'excite et prend 33 photos en 3 secondes.

Assis au fin fond de l'autobus, le président du Club des lézards ne sourit même pas. Rose, qui vient tout juste de l'apercevoir, essaie de lui faire signe.

— Monsieur le président, allez-vous à Chachacha? crie-t-elle, en espérant que sa voix traverse le brouhaha.

Mais le président moitié bronzé, moitié brûlé, surtout sur le bout du nez, est aussi fermé qu'une station de ski, l'été.

— Un, deux, cha-cha-cha! C'est par là!

Le chauffeur tout en sueur pointe du doigt la montagne, une grande montagne avec un pic perdu dans les nuages.

Les passagers se précipitent dehors et disparaissent instantanément dans la forêt. Même M. le président s'est évaporé dans le paysage, qui est ici d'un vert épinard avec des touches de vert pistache. Rose descend à son tour.

L'autobus fait demi-tour et reprend la route vers Jenesézou.

Pour la deuxième fois de sa vie, en moins de trois heures, Rose se retrouve seule. Le sentier de terre rouge qui monte

vers le village de Chachacha est long comme un serpent de 3 kilomètres.

Tandis que Rose se demande combien de temps il faut pour monter là-haut, une grosse goutte de pluie s'écrase sur son nez retroussé.

Ploc! Ploc! Ploc! Trois gouttes plus tard, c'est la douche instantanée.

Le ciel craque, le vent crache des feuilles de bananier. La pluie pianote très fort sur le sol.

Rose distingue un arbre parasol et court se cacher sous ses branches avec Charlie. Elle entend alors une voix qui murmure derrière elle, se retourne vivement, mais ne voit rien ni personne.

Au fond, Rose ne croit pas aux fantômes, mais elle frissonne quand même un peu.

«Si je revois le président du Club des lézards, pense-t-elle, je lui demande de me ramener illico à Engourdicité en dromadaire ou en hélicoptère.»

Cette fois, Rose entend un chuchotement tout près de son oreille.

— Cet accent zézayant, je le connais pourtant, se dit-elle, les sourcils en castagnettes.

Alors, d'un coup, à la vitesse d'un cow-boy du Far West, elle sort de sa poche son traducteur parlant.

— Je suis *zenchanté,* répète le fidèle appareil.

Zorro apparaît en même temps dans le feuillage. Il porte un chapeau noir dont les larges bords servent de parapluie.

— En attendant le retour de l'escalier

aux sept couleurs, dit-il, je vais te raconter l'histoire de Chachacha.

«L'escalier aux sept couleurs, pense Rose, c'est un truc qui est sûrement bon pour la santé!»

— Notre village a été fondé par des danseurs, explique Zorro. Au début, ils étaient deux et ils vivaient justement ici.

En soulevant son pied nu, Zorro montre à Rose les traces de leurs premiers pas de danse gravés dans la pierre.

— Nos ancêtres dansaient au moins 3 heures tous les jours et les soirs de pleine lune, ils dansaient toute la nuit. Quand leur fille est née, ils l'ont appelée Chachacha.

L'histoire de Zorro ressemble beaucoup à celle que M. Août a racontée à Zoé. La différence, c'est qu'elle est un peu *arrangée avec le gars des vues,* comme un grand film.

— Ton histoire, ça ne serait pas un peu *toundra?* demande Rose pour le provoquer.

— *Toundra?* répète Zorro.

Le traducteur parlant fait bip! bip! bip! Il sait dire: «S'il vous plaît, merci, bienvenue, je prendrais bien un autre morceau de gâteau, etc.» En tout, il connaît 10 000 mots, mais celui-là l'a déboussolé.

La pluie s'est soudainement arrêtée. Il ne reste qu'une dernière goutte qui tombe comme une mollassonne sur le chapeau de Zorro. Ploc!

Rose regarde ses vêtements tout mouillés.

Sous la pluie, Charlie a perdu ses couleurs artificielles. Sa teinture a complètement disparu. Son plumage est redevenu noir.

«C'est normal, pense-t-il dans sa cervelle d'oiseau. Après tout, je suis une corneille.»

Chapitre VIII
Oyez! Zoé rêve
au cacaoyer

À Engourdicité, il est minuit. Complètement crevée, Zoé s'est endormie tout habillée devant son écran vidéo.

L'équipe de télévision l'a filmée pendant 13 heures d'affilée et la reprise du festin d'ouverture est maintenant parfaite, c'est-à-dire exactement comme le comte de Ketchup la souhaitait.

Soudain, Zoé se lève. Elle va rejoindre Maurice et Thérèse dans leur chambre peinte en jaune carotte. «C'est bon pour les yeux quand on est vieux», a dit le comte de Ketchup.

— Thérèse, j'ai fait un drôle de rêve, dit-elle à sa grand-mère, en marmottant.

Thérèse se réveille en sursaut. Elle aussi s'est endormie devant le téléviseur pendant la dernière émission.

— Ah! Zoé, dit-elle. Comment ça s'est terminé, le beau film d'amour au canal 333?

Au lieu de répondre à la question de sa grand-mère, Zoé essaie de raconter ce qu'elle a vu dans son sommeil.

— Je plonge dans la mer et je nage, dit-elle. Derrière une roche, il y a un gros poisson argenté. Sa bouche s'arrondit comme un O majuscule et il dit: «Je suis une chimère.»

Encore un peu perdue, Thérèse pense que sa petite-fille lui raconte la suite.

— Ce n'est pas tout à fait comme ça que j'imaginais la fin du film, dit-elle, l'air déçu.

Comme un zombi, Zoé continue de raconter son rêve. Elle parle vite, sans même reprendre son souffle.

— Puis le poisson se transforme en toucan. Moi, je deviens oiseau à mon tour

et je vole avec lui. Très haut dans le ciel, au-dessus de l'île du Paradis.

Zoé étend ses bras et fait semblant de planer.

— Ensuite, on arrive sur une montagne. Il y a beaucoup d'arbres avec des fruits ronds et rouges comme des ballons. Rose est là, cachée derrière une feuille, minuscule comme une fourmi. Elle me tend la main et essaie de me dire quelque chose, mais je n'entends rien. Ensuite, je ne me souviens plus.

Thérèse n'est toujours pas réveillée. Elle regarde Maurice et lui dit, légèrement choquée:

— Mais a-t-on idée de faire des films aussi fous que ça? Tu te souviens quand nous étions jeunes, Maurice, les films d'amour finissaient par un long baiser? Ensuite, le mot *fin* était écrit par-dessus, et tout le monde était content.

— Rose est en danger, dit Zoé. J'ai l'impression qu'elle est sur le point de faire une crise d'abandonnique aiguë.

— Bon, encore une autre histoire compliquée, dit Thérèse qui, décidément, ne comprend rien.

— Grand-maman, l'abandonnique,

c'est la maladie de ceux qui ont peur
d'être abandonnés.

Zoé répète mot à mot ce que le Bigoudi sentimental lui a lui-même un jour ex-
pliqué.

— Oyez, dit Maurice, j'ai deviné.
Rose se trouve à côté du cacaoyer. Et le
cacaoyer ne produit pas les cacahuètes,
mais le cacao. Et le cacao se transforme

en chocolat. Et le chocolat contient le secret de l'éternelle jeunesse, oyez!

Pour une fois, Maurice est plus vite sur ses patins que sa Thérèse.

— Allons rejoindre Rose à Chachacha, c'est urgent, dit-il finalement.

Chapitre IX
La montagne mirifique

«Qu'est-ce que je fais, plantée ici devant un arbre, et combien de temps ça va durer?» se demande Rose, un peu agacée.

À côté d'elle, M. Août demeure silencieux.

Pourtant, après 33 secondes de silence, Rose entend, comme Zoé, la voix de M. Août qui parle directement à son coeur.

— Cet arbre, c'est le plus fabuleux de notre plantation. Il est plus petit et plus fragile que les bananiers et les citronniers qui l'entourent, mais ses fruits sont précieux: il s'agit d'un cacaoyer. Nous croyons que c'est le premier arbre du monde, mais d'après vos calendriers, il a poussé ici, sur la montagne mirifique, il y a environ 16 ans.

— Exactement le même âge que moi, 16 ans, constate Rose qui pense d'abord toujours à elle.

M. Août s'approche alors du cacaoyer. Il cueille un gros fruit rouge qu'il appelle une cabosse. Il le fend et dépose trois petites graines en forme d'amande dans la main de Rose.

— Ce sont des fèves de cacao, explique M. Août. Quand on sait les transformer, elles deviennent aussi délicieuses que précieuses.

Rose en croque une. Elle grimace parce que c'est amer, dit quand même merci pour être polie, mais elle se sent soudain seule, loin de tout ce qu'elle connaît. Et puis le fait d'entendre quelqu'un qui n'ouvre pas la bouche pour parler n'a rien de rassurant.

M. Août prend alors la main de Rose et la pose sur l'arbre. Rose ne connaît rien à la nature. Elle est habituellement plus à l'aise au milieu du trafic que dans la verdure, et les drôles de petites verrues qui poussent sur l'écorce de l'arbre ne lui inspirent pas confiance.

— Cet arbre, tu le connais mieux que tu ne crois, n'est-ce pas? ajoute M. Août.

Cette fois, Rose est intriguée. Elle se dit tout bas, pour être certaine que M. Août ne l'entende pas:

«Cet homme miniature, qui n'est pas plus grand que Zoé, peut-il vraiment savoir que je suis une *chocolatomaniaque* anonyme?»

Mais M. Août sait tout.

Et cette fois, il parle beaucoup:

— L'histoire du cacaoyer est douce et amère comme ses fruits. Je vais te la raconter: «Il y a longtemps, vivait une princesse à la peau brune et aux yeux noirs comme la nuit sans lune. Elle était la gardienne d'un trésor que personne n'avait jamais vu. Pourtant, on racontait que sa richesse était aussi grande que sa beauté et ses pièces d'or aussi abondantes que sa chevelure.»

Même si elle n'est plus à l'âge des contes de fées, Rose a un faible pour les histoires de princesses.

— «Un jour, elle fut attaquée par des voleurs. Ils tentèrent de lui faire avouer où l'or était caché. La princesse refusa de dévoiler son secret et les malfaiteurs la tuèrent pour se venger. De la terre où son sang s'est répandu est né le cacaoyer.»

Cette fois, Rose est émue. Son amour déjà immense du chocolat devient aussi grand que toute la plantation.

Rose se surprend même à caresser l'écorce du cacaoyer. Sous ses doigts, elle voit peu à peu apparaître de toutes petites fleurs roses.

«Cette histoire-là est peut-être incroyable, mais au moins, ce n'est pas *toundra*», pense Rose complètement envoûtée.

— L'histoire fait comme le perroquet, elle se répète, dit M. Août. Tout à l'heure, pendant le Grand Congrès, le lézard qui veut absolument connaître la recette de l'éternelle jeunesse va venir m'attaquer pour me tuer.

Un petit secret peut se répéter de bouche à oreille, ajoute-t-il finalement. Mais un grand secret ne se transmet que de coeur à coeur.

Rose a tout entendu et tout compris. Elle se lance un défi: «Il faut faire quelque chose. Et pourquoi pas un coup signé Zorrose?»

Chapitre X
Le Grand Congrès des perroquets. Enfin!

— Si je veux rester très longtemps sur la terre, cette petite amande amère m'est nécessaire. Moi, le plus averti des lézards, je le sais.

Au pied du cacaoyer, M. le président s'est enroulé dans une feuille de bananier pour mieux se camoufler. Comme un écureuil de banlieue, il gruge les unes après les autres toutes les graines de cacao.

Si chaque cabosse en contient une quarantaine environ, M. le président se prépare sûrement une indigestion.

À 333 pas de là, Rose et Zorro ont maintenant fini de préparer le scénario de leur prochaine mission.

Pour la circonstance, Rose a choisi d'interpréter la scène 113 du film *Zorro et la femme au masque noir*.

— Je suis prête, dit-elle à Zorro, je connais mon rôle par coeur.

Dans la plantation, tous les arbres sont

décorés. Les gens du village de Chachacha apparaissent peu à peu entre les ran-
gées de cacaoyers. Costumés et emplu-
més comme des oiseaux, ils demeurent
silencieux.

Le perroquet Jacquot lance son cri du midi:

— Je veux mon biscuit.

«Mais quand le toucan en fait autant, le danger nous attend au tournant», dit le proverbe.

M. Août sait tout. Mais il sait aussi qu'il ne va pas mourir. Pas cette fois-ci.

— D'abord, il faut manger, ensuite il faut danser. C'est ça, la recette de l'éternelle jeunesse, confie-t-il en souriant.

Thérèse et Maurice arrivent alors au sommet de la montagne, à bout de souffle. C'est la preuve que le temps de leurs acrobaties est bien fini.

— J'ai entendu le toucan, dit Thérèse tout énervée.

— Le *coutan ramant,* le *touran catan,* le *ratan* tannant, le toucan n'est plus marrant, ajoute Momo, paniqué.

Zoé arrive derrière eux en courant.

— Moi, j'ai vu un homme roulé comme un cigare dans une feuille de bananier.

Comme s'il attendait ce signal, M. le président quitte sa pelure, bondit sur M. Août et le secoue comme un prunier. Mais M. Août reste aussi droit qu'un cocotier.

— Je suis le plus averti des touristes *zavertis,* dit-il, mais je ne sais pas tout. Pourquoi le chocolat qui fait danser est-il salé et pas sucré?

Le président s'agrippe aux épaules de M. Août.

— Je veux arrêter de vieillir maintenant, supplie-t-il d'un ton désespéré. Donnez-moi le secret de l'éternelle jeunesse. Vendez-le moi, s'il le faut. C'est important.

Il saute sur M. Août pour l'étouffer et le presse comme un citron.

Rose et Zorro sortent à leur tour de leur cachette.

— Sauvons la situation, crient-ils en choeur.

Au moment où les deux justiciers vont passer à l'action, le président du Club des lézards s'écroule sur le sol en poussant un grand cri. Il râle et parle dans une langue qui ressemble à du charabia.

— Qu'est-ce qu'il raconte? demande Zorro.

Rose lui tend son traducteur parlant qui répète en *paradiso:*

— Aille! Ouille! mon ventre. J'ai la *turista,* ramenez-moi chez moi.

— Monsieur le président, dit Rose, quand on veut connaître le secret du cacaoyer, il ne faut pas toujours s'attendre à crier oyez!

Là-dessus, tous les habitants de Chachacha se mettent à rire et l'appareil photo de Rose se décide tout seul à prendre 33 photos.

Zoé s'approche de Rose, émerveillée. Elle tient dans sa main un petit bouquet de fleurs de cacaoyers.

— Rose, tu es peut-être un grand bébé gâté, mais tu es surtout une grande actrice.

Rose fouille au fond de sa poche et offre trois fèves de cacao à Zoé.

— Ceci est mon gage. Soyons amies pour l'éternité, dit-elle comme si elle faisait encore du cinéma.

Dans le ciel, un petit avion s'approche de la montagne mirifique. Derrière lui, il traîne une longue banderole où est écrit le message suivant: «J'ai d'autres affaires à faire. Je reviendrai. Ne m'attendez pas pour commencer à fêter. Olé!»

Le comte de Ketchup n'est pas modeste. C'est là son moindre défaut.

Épilogue
La lettre au Bigoudi

Ce n'est plus la nuit. Ce n'est pas encore le jour. Rose colle son oeil sur le petit hublot de son appareil photo. Au loin, la ligne d'horizon rougit petit à petit, mais aucun son ne vient déclencher l'appareil.

«Tant pis! Je m'en souviendrai!», se dit Rose en écarquillant bien les yeux.

Rose écrit en violet sur du papier rouge. Sa lettre au Bigoudi commence ainsi:

Cher Bigoudi,
La vue sur la mer est raffolante. *Je ne sais pas si c'est un vrai mot, mais je te l'offre quand même en cadeau.*

La fête est déjà terminée et tous les toucans sont contents. Entouka, *ils sont redevenus marrants. Voici d'ailleurs en primeur le palmarès du Grand Congrès des* perrokèts:

Dans la catégaurie *des poids plume, le toucan de Beauharnais a gagné le concours de beauté avec sa tête picotée noir et blanc, et son bec trois couleurs.*

Charlie n'est pas trop déçu: il a reçu un prix de consolation, il a été nommé l'oiseau rare de la soirée. Comme trofé, *Zoé lui a offert un superbe cône de grains de maïs multicolores qu'il a picoré en 3 minutes 33 secondes.*

Grâce à leur numéro de haute voltige, Momo et Té ont obtenu une mention dans la catégaurie *des oiseaux voyageurs.*

Pour terminer la soirée, Mario le perroquet a chanté son plus grand succès: *Bye-bye, mon carrosse, bye-bye, ma* Camareau.

Moi, je n'ai rien gagné, mais j'ai appris que le chocolat ne pousse pas dans le papier d'aluminium ou dans les boîtes en forme de coeur. Le reste, c'est un secret.

Rose regarde encore la mer un instant. Trois flashes traversent sa pensée comme des comètes.

Zap! un gros plan d'une fève de cacao.

Zap! le toucan tatoué sur la main gauche de M. Août.

Zap! la bouche charnue et appétissante de Zorro après le plus long baiser de l'histoire du cinéma: 33 minutes 33 secondes.

Le vent est doux et chaud. Les gens de Chachacha lui ont donné un nom, à lui aussi. Ils l'appellent celui-qui-caresse-la-joue.

Je termine ma lettre tout de suite parce que je veux avoir le temps de corriger toutes mes fautes d'orthografe...

Baisers piquants, baisers croustillants.

Rose

P.-S.: L'île du Paradis est dans la mer, la mer est sur la terre, la terre est dans l'univers. Moi, ce genre d'histoire me donne envie de faire ma course autour du monde.

Rose se dépêche de lécher le rabat de l'enveloppe saveur de cacao.

— Mes 33 valises m'attendent. Il est temps de repartir.

Table des matières

Achevé d'imprimer
sur les presses de Litho Acme Inc.
1er trimestre 1992